倉岳山

Tae Kamijo

上條多恵句集

青磁社

咲きみちて空にやすらふ桜かな

櫂

倉岳山＊目次

序句　長谷川櫂　1

春　7
夏　31
秋　65
冬　93
新年　125

あとがき　144

季語索引　146
初句索引　159

句集　倉岳山

春

この村の梅いちばんにひらく土堤

梅真白昔へつづく土手の道

足萎えし母掌に蕗の薹

芽吹くまで忘れてゐたる貝母かな

ふくらみて堰越えゆくよ春の水

やはらかな春生まるるよ土の中

母の針すこし残して納めけり

母在さばことし百歳雛飾る

むつまじく母系四代雛飾る

雛よりも子の美はしき髪を梳く

母かの日送りしごとく雛納む

如月のひかりの薔薇を剪定す

涅槃図の嘆きの空へ月のぼる

花を待ち月を待ちけふ西行忌

春の潮巨き光の渦となれ
白魚のいのちのひかり汲みにけり

白魚や眼にのこるもの美しき

藁を刺し姿とものふ目刺かな

校庭の辛夷満開閉校す

この村に母の生涯山笑ふ

東日本大震災

遺されし我らへ花の便り来る

散りこんでバスの中まで桜かな

若き日は夢のごとしや山桜

もどりきて誰もゐぬ家花の冷

この山の蕨の太郎次郎かな

はるかより来てこの庭に菫かな

この庭の木瓜満開の日に来たれ
ひとり居て母はすこやか夕蛙

チューリップ花の中なる雨蛙

ずたずたになりて眠るか恋の猫

親猫の留守に仔猫をもらひけり
拾はれてぐつすり眠る仔猫かな

よもぎといふ名をもらひたる仔猫かな

猫の目は矢車草にひそみをり

春愁の猫のあくびをもらひけり

蜂つれて蜂飼ひが来る山の村

雉子の来て雛遊ばせる畠かな

山藤や甲斐と相模の国境

茎立つや高きに花を咲かせんと

遅き日の影踏みながら子は帰る

遠き日の便り待ちゐる日永かな

夏

牡丹の咲いては散りぬ父祖の庭

草笛に呼ばれて甲斐の野に遊ぶ

自転車をとめて草笛吹いてをり
いもうとも思ひ出すらん麦の笛

ふるさとの川のかをりの鮎届く

ふるさとの川の鮎食べ夏に入る

ふるさとの家を呑みこむ柿若葉

ふるさとの山のみどりの新茶汲む

宝石の赤き苺を食べにけり

猪の子のごとく筍さげて来る

子の夢の半ばはうつつ螢飛ぶ

いちはつや甲斐の女は化粧せず

老衰の猫を看取るや明易く

青梅雨や三つ並べる猫の墓

かたはらに目白の墓も猫の墓

えごの花明るき雨のかかりけり

いくたびも眺めてはるか朴の花

朴の木に初めての花うれしさよ

朴の花天空の香を放ちけり

朴の花そよぎて朝の雨くるか

魯迅の墓泰山木の花ひらく

ことし初めてわが庭の柿に花

花びらを畳みてひらく柿の花

散らばりて切紙のやう柿の花

白き花咲きつぐ木々や梅雨に入る

青梅雨のパイプオルガン響きけり

梅雨寒の樺美智子の忌なりけり

梅雨の蝶山法師の木出つ入りつ

梅雨の月夜更けて山に沈みけり

まだ熱き母の骨あぐ五月晴

五月晴山の煙となりたまふ

揚羽蝶まとはりつくや百合を切る

母の忌や山百合の花一抱へ

母の忌の山百合甕にあふれけり

あぢさゐの花咲く家に母還る
母在りし日も亡き日々もほととぎす

花合歓や夕映えてゐる甲斐の村

一ふしをゆたかに歌へ夏うぐひす

蟇昼は茗荷のやぶの中

明日漬ける梅の実匂ふ厨かな

味噌の甕しんと静かに黴の花

白南風や富士をはるかに観覧車

祖母の手のしづかに速し繭を搔く

繭搔くや繭の翳りのうすみどり

鮎釣るや日がな一日名栗川

合歓の花亡き子にうたふ子守唄

花合歓の木蔭で一夏すごしけり

お揃ひの大きなつばの麦藁帽

千歳の樹の根に泉あふれけり

岩清水ひかりとなりてあふれけり

水しぶき瀧に打たるる真鯉かな

唐招提寺金堂洗ふ白雨かな

虹の輪の中にゐること知らざりき

甲斐嶺の風を包まん朴葉鮨

白玉やかたはらに母在すごと

古浴衣裂いては襁褓作りけん

片陰にゐて大難をのがれしと
うからみな甲斐の山人声涼し

昼寝して神さながらの母子かな

月下美人花ひらく夜に招かれつ

土用波夏をさらひてゆきにけり

秋

かなかなのとよもす山にかへりなむ

かなかなに明けかなかなに暮るる村

かなかなや空に渚のあるごとく

かなかなの父祖の地に母送りけり

けさ秋のいのちの桃をすすりけり

紅桃はよろこびながら熟れにけん

桃太郎生まるる桃をたまはりぬ

桃食べて帰郷の心しづまりぬ

さやさやと七夕竹を伐りくれき
七夕竹伐りたる人もとうになし

夢いまもふるさとの山星月夜

いまはもう人棲まぬ村天の川

甲斐嶺を越えて流るる銀河かな

生きのびて語りつくせず原爆忌

旅人の柳田国男の忌なりけり

炭焼いて凌ぎし戦敗れけり

代々の猫たちも来よ門火焚く

この村の花火小さしナイヤガラ

百日紅咲きつぎ死者の月送る

木犀の香り伝ひに帰りけり

大野分ここかしこ水湧きいづる

けふの月猫とならびて仰ぎけり

月あかあか夜あそびの猫かへり来ず

山梨の酒の熟れゆく良夜かな

中秋の望潮の朝生まれけり

むさし野の空いつぱいに鰯雲

つぎつぎと蝶くる秋の日和かな

胡麻の実のぴしぴしはぜる日和かな

木漏れ日のちらちら踊る葡萄捥ぐ

その昔金採りし川水澄めり

曼珠沙華甲州街道いく曲り

一列に並ぶも雨の箒草

祖母の忌へ秋草の花一抱へ

草の露はるかな空の映りけり

この庭に紫苑を植ゑし人はるか
青くさき糸瓜の水をとりにけり

誰もゐぬ一草庵の柿の秋

木守柿子どもを待てる母のごと

復興の秋刀魚一箱宮古より

こほろぎは鳴くときいつも独りなり

一句得て独り眠りぬ虫の闇

秋の夜や幼なの嘆き聴きながら

この家とともに幾年百目柿

あの年は八百も実をつけし柿

十三夜柿の木の上に柿盗人

獅子頭のやうに口あけ栗の毬

一つ栗山の気充ちて弾けけり

馬の目のごとしと栗を愛でたまふ

どんぐりのごとく俳句よ降りつもれ

満天星の紅葉明りに我家あり

ゆく秋の大きな富士に対ひけり

冬

朴落葉ばさりと踏んで山しづか
ふるさとの村へ焚火をしに帰る

ふるさとの焚火の番をしてゐたき

掌をあててほのかに温し冬欅

落葉して桂は高き木となりぬ

日だまりの落葉の中に猫眠る

日の匂ひ枯葉の匂ひ猫帰る

がまずみの真赤に熟れて冬がくる

秩父へと山連なりて眠りけり

ふるさとは山の木霊も眠りけり

その奥に青き淵あり山眠る

水源の水のひそかに山眠る

流星は花と散りけり山眠る

鬱々とわが身のうちに山眠る

山眠るごとくひそかに母眠る

綿虫となりて来たれよ逢ひたかり

小春日や祖父と畑に麦を蒔く

小春日の微塵となりぬ畑の人

小春日の天のまほらに鶲鳴く

笛つくる縄文人と日向ぼこ

冬の蝶飛ばんとしては歩みゆく

鶏頭や紅のままま枯れて立つ

武蔵野の土は荒くれ霜柱
寒菊は光湛へて咲きつぎぬ

菊焚いて今年の庭の仕舞とす

干柿のかじかかんでゆく寒さかな

いのち編むやうに毛糸を編みつぎぬ

たらちねの編み残したる毛糸編む

うれしさは父と寝る夜の干布団

ミンク着てけはしき顔の老女かな

倉岳山

あの山の頂に没る冬至の日

冬至の日雑木林に沈みけり

つぎつぎと花咲くやうに窓氷る

灯して音楽堂や氷る街

雪雲の垂れこめてゐる花屋かな

とほき世のたよりのごとく雪一日

初雪に足跡をつけ登校す

生きてゐる鶏も売り歳の市

除夜の鐘熯火のごとく母在す

穴を出て親仔の熊の雪遊び

狼を狼さまと祖母の声

白鳥の首やはらかく眠るなり

かうかうと子を呼ぶ鶴の息白し

寒鴉大きな影が我よぎる

ほろほろと桑の根燃ゆる囲炉裏かな

いもうとを抱いて父ゐし榾火かな

甘かりき生家の井戸の寒の水

もみがらに玉子がいくつ寒見舞

山の村の鶏の産みたる寒卵

大寒の女つどひて味噌を炊く

大寒の光まぶしく爪を切る

大寒や北斗の方へ歩み去る

風花に別れと知らず別れけり

雪晴やすべての子ども雪合戦

粕汁にして塩鮭を食べ尽くす
根深汁すこしづつ冬深みゆく

草の根に力ありけり冬深く

新年

ふるさとは富士を正面大旦

初富士の裾のふるさと拝みけり

あらたまの未知の光の月日かな

鏡餅むかしは闇の深かりき

一臼は年神様へ鏡餅

年の神どしりと在す飾り臼

をろがむや都留の郡の飾り臼

家内に小さき神々年迎ふ

大根の切口すがし年迎ふ

赤道を越えて船航く去年今年

織りつぎしいのちの布や初昔

若水や氷を割つて汲みて来つ

ねむごろに雑煮だしひく厨かな

白髪染めやめて八十初鏡

つぎの世も女がよろし初鏡

新しき手拭と足袋お正月

祖母が織り母の仕立てし春着かな

屠蘇の精老いてゆるりとめぐりけり

ねんねこの背なの子にいふおめでたう
一と月の赤子のためや祝箸

ひらがなで書く嬰の名の祝箸

小松菜の茎も入れん雑煮かな

幼な子の両手でかかふ雑煮かな

ははそはの殖やしたまひし福寿草

富士快晴わが生まれ日の三日かな

孫に歌ふ祖母の歌ひし手毬唄

重心を捉へてやがて独楽の澄む

手にからむ糸きりきりと凧

臥す母の床を囲みて歌留多かな

歌留多会果てて帰るや月の道

猿回し猿の賢き顔哀し

弓始匂ふばかりに乙女立つ

初めての孫たまはりぬ花びら餅

花びら餅あすはひらきて花になれ

あとがき

幼いころから本を読むことが大好きだった母は、学生時代は文芸部で詩を書き、結婚し子育てが一段落してからは「常民大学」に参加し、民俗学の世界に触れました。

長く続いた祖母の介護の合間に独学で俳句をはじめ、朝日俳壇に入選したことをきっかけにして俳句にのめり込んでいきました。

俳句結社「古志」に入会。毎月の句会から上機嫌で鰻の折を土産に帰ってきました。私の知っている中で一番うれしそうな母でした。「俳句は生きる根源」と言い、母は人生のすべてを句にしようとしていました。八十を過ぎ体力が衰えて

からも必死に作り続け、入院する直前まで布団の中で詠みつづけました。

このたび長谷川櫂先生のご指導で母が長く望んでいた句集を出すことができました。現在病床にある母は「おかげで俳句を句集の形にすることができた」と喜んでおります。心配をかけどおしの娘である私も親孝行の機会をいただきました。

題名の「倉岳山」は山梨県大月市と上野原市の境にある高さ九九〇mの山です。山頂からは富士山がきれいに見え、山梨百名山のひとつに選ばれています。母の実家からは倉岳山がよく見え、今は亡き人々、故郷を離れて暮らす人々を思い出すときには必ず倉岳山の姿が浮かびます。母の先祖の象徴として選びました。

初茜倉岳山の頂きに　　（多恵）
倉岳山の向こうへ放てる弓始　　（あき）

二〇二三年三月

山本　あき

季語索引

あ行

青梅【あおうめ】（夏）
明日漬ける梅の実匂ふ厨かな　五二
秋草【あきくさ】（秋）
祖母の忌へ秋草の花一抱へ　八三
秋の夜【あきのよ】（秋）
秋の夜や幼なの嘆き聴きながら　八七
秋晴【あきばれ】（秋）
つぎつぎと蝶くる秋の日和かな　八〇
明易【あけやす】（夏）
老衰の猫を看取るや明易く　三九
紫陽花【あじさい】（夏）
あぢさゐの花咲く家に母還る　五〇
天の川【あまのがわ】（秋）
いまはもう人棲まぬ村天の川　七二
甲斐嶺を越えて流るる銀河かな　七三
鮎【あゆ】（夏）
鮎釣るや日がな一日名栗川　五五
ふるさとの川のかをりの鮎届く　三五
泉【いずみ】（夏）
千歳の樹の根に泉あふれけり　五七
苺【いちご】（夏）
宝石の赤き苺を食べにけり　三七
鳶尾草【いちはつ】（夏）
いちはつや甲斐の女は化粧せず　三八
鰯雲【いわしぐも】（秋）
むさし野の空いっぱいに鰯雲　七九
梅【うめ】（春）
梅真白昔へつづく土手の道　九
この村の梅いちばんにひらく土堤　九
えごの花【えごのはな】（夏）
えごの花明るき雨のかかりけり　四〇
老鶯【おいうぐいす】（夏）

一ふしをゆたかに歌へ夏うぐひす　五一
狼【おおかみ】（冬）
狼を狼さまと祖母の声　一一五
落葉【おちば】（冬）
落葉して桂は高き木となりぬ　九七
日だまりの落葉の中に猫眠る　九七

か行

鏡餅【かがみもち】（新年）
鏡餅むかしは闇の深かりき　一二八
一臼は年神様へ鏡餅　一二九
柿【かき】（秋）
あの年は八百も実をつけし柿　八八
この家とともに幾年百目柿　八八
誰もゐぬ一草庵の柿の秋　八五
柿の花【かきのはな】（夏）
ことし初めてわが庭の柿に花　四三
散らばりて切紙のやう柿の花　四四
花びらを畳みてひらく柿の花　四四
柿若葉【かきわかば】（夏）
ふるさとの家を呑みこむ柿若葉　三六
風花【かざはな】（冬）
風花に別れと知らず別れけり　一二一
飾臼【かざりうす】（新年）
をろがむや都留の郡の飾り臼　一三〇
年の神どしりと在す飾り臼　一二九
粕汁【かすじる】（冬）
粕汁にして塩鮭を食べ尽くす　一二二
片蔭【かたかげ】（夏）
片陰にゐて大難をのがれしと　六一
黴【かび】（夏）
味噌の甕しんと静かに黴の花　五三
歌留多【かるた】（新年）
歌留多会果てて帰るや月の道　一四一
臥す母の床を囲みて歌留多かな　一四一
枯菊【かれぎく】（冬）

菊焚いて今年の庭の仕舞とす　一〇七
枯葉【かれは】（冬）
日の匂ひ枯葉の匂ひ猫帰る　九八
蛙【かわず】（春）
ひとり居て母はすこやか夕蛙　一二二
寒鴉【かんがらす】（冬）
寒鴉大きな影が我よぎる　一一六
寒菊【かんぎく】（冬）
寒菊は光湛へて咲きつぎぬ　一〇六
元日【がんじつ】（新年）
ふるさとは富士を正面大旦　一二七
寒卵【かんたまご】（冬）
山の村の鶏の産みたる寒卵　一一九
寒の水【かんのみず】（冬）
甘かりき生家の井戸の寒の水　一一八
寒見舞【かんみまい】（冬）
もみがらに玉子がいくつ寒見舞　一一八
如月【きさらぎ】（春）
如月のひかりの薔薇を剪定す　一四
雉【きじ】（春）
雉子の来て雛遊ばせる畠かな　二七
木守【きまもり】（冬）
木守柿子どもを待てる母のごと　八五
茎立【くくたち】（春）
茎立つや高きに花を咲かせんと　二八
草笛【くさぶえ】（夏）
草笛に呼ばれて甲斐の野に遊ぶ　三三
自転車をとめて草笛吹いてをり　三四
国男忌【くにおき】（秋）
旅人の柳田国男の忌なりけり　七四
熊【くま】（冬）
穴を出て親仔の熊の雪遊び　一一四
栗【くり】（秋）
馬の目のごとしと栗を愛でたまふ　九〇
獅子頭のやうに口あけ栗の毬　八九
一つ栗山の気充ちて弾けけり　九〇

毛糸編む【けいとあむ】（冬）
いのち編むやうに毛糸を編みつぎぬ　一〇八
たらちねの編み残したる毛糸編む　一〇八
毛皮【けがわ】（冬）
ミンク着てけはしき顔の老女かな　一〇九
月下美人【げっかびじん】（夏）
月下美人花ひらく夜に招かれつ　六二
原爆忌【げんばくき】（秋）
生きのびて語りつくせず原爆忌　七三
凍る【こおる】（冬）
灯して音楽堂や氷る街　一一一
つぎつぎと花咲くやうに窓氷る　一一一
蟋蟀【こおろぎ】（秋）
こほろぎは鳴くときいつも独りなり　八六
去年今年【こぞことし】（新年）
赤道を越えて船航く去年今年　一三一
小春【こはる】（冬）
小春日の天のまほらに鶲鳴く　一〇四
小春日の微塵となりぬ畑の人　一〇三
小春日や祖父と畑に麦を蒔く　一〇三
辛夷【こぶし】（春）
校庭の辛夷満開閉校す　一八
独楽【こま】（新年）
重心を捉へてやがて独楽の澄む　一四〇
胡麻【ごま】（秋）
胡麻の実のぴしぴしはぜる日和かな　八〇

さ行

西行忌【さいぎょうき】（春）
花を待ち月を待ちけふ西行忌　一五
五月晴【さつきばれ】（夏）
五月晴山の煙となりたまふ　四八
まだ熱き母の骨あぐ五月晴　四七
寒し【さむし】（冬）
干柿のかじかんでゆく寒さかな　一〇七
猿廻し【さるまわし】（新年）

涼し【すずし】（夏）
うからみな甲斐の山人声涼し　六一
菫【すみれ】（春）
はるかより来てこの庭に菫かな　二一
雑煮【ぞうに】（新年）
幼な子の両手でかかふ雑煮かな　一三八
小松菜の茎も入れん雑煮かな　一三七
ねむごろに雑煮だしひく厨かな　一三三

た行

大寒【だいかん】（冬）
大寒の女つどひて味噌を炊く　一一九
大寒の光まぶしく爪を切る　一二〇
大寒や北斗の方へ歩み去る　一二〇
泰山木の花【たいさんぼくのはな】（夏）
魯迅の墓泰山木の花ひらく　四三
滝【たき】（夏）
水しぶき瀧に打たるる真鯉かな　五八
焚火【たきび】（冬）
ふるさとの焚火の番をしてゐたき　九六
ふるさとの村へ焚火をしに帰る　九五
筍【たけのこ】（夏）
猪の子のごとく筍さげて来る　三七
七夕【たなばた】（秋）
さやさやと七夕竹を伐りくれき　七一
七夕竹伐りたる人もとうになし　七一
遅日【ちじつ】（春）
遅き日の影踏みながら子は帰る　二八
仲秋【ちゅうしゅう】（秋）
中秋の望潮の朝生まれけり　七九
チューリップ【ちゅーりっぷ】（春）
チューリップ花の中なる雨蛙　二三
月【つき】（秋）
百日紅咲きつぎ死者の月送る　七六
月あかあか夜あそびの猫かへり来ず　七八
梅雨【つゆ】（夏）

青梅雨のパイプオルガン響きけり　四五
青梅雨や三つ並べる猫の墓　三九

露【つゆ】（秋）
草の露はるかな空の映りけり　八三

梅雨寒【つゆざむ】（夏）
梅雨寒の樺美智子の忌なりけり　四六

梅雨の月【つゆのつき】（夏）
梅雨の月夜更けて山に沈みけり　四七

鶴【つる】（冬）
からからと子を呼ぶ鶴の息白し　一一六

手毬【てまり】（新年）
孫に歌ふ祖母の歌ひし手毬唄　一三九

冬至【とうじ】（冬）
あの山の頂に没る冬至の日　一一〇
冬至の日雑木林に沈みけり　一一〇

年の市【としのいち】（冬）
生きてゐる鶏も売り歳の市　一一三

屠蘇【とそ】（新年）
屠蘇の精老いてゆるりとめぐりけり　一三五

土用波【どようなみ】（夏）
土用波夏をさらひてゆきにけり　六三

団栗【どんぐり】（秋）
どんぐりのごとく俳句よ降りつもれ　九一

な行

夏の蝶【なつのちょう】（夏）
揚羽蝶まとはりつくや百合を切る　四八
梅雨の蝶山法師の木出つ入りつ　四六

夏帽子【なつぼうし】（夏）
お揃ひの大きなつばの麦藁帽　五六

虹【にじ】（夏）
虹の輪の中にゐること知らざりき　五九

入梅【にゅうばい】（夏）
白き花咲きつぐ木々や梅雨に入る　四五

猫の子【ねこのこ】（春）
親猫の留守に仔猫をもらひけり　二四

拾はれてぐつすり眠る仔猫かな　二四
よもぎといふ名をもらひたる仔猫かな　二五
猫の恋【ねこのこい】（春）
ずたずたになりて眠るか恋の猫　二三
猫の目草【ねこのめそう】（春）
猫の目は矢車草にひそみをり　二五
涅槃会【ねはんえ】（春）
涅槃図の嘆きの空へ月のぼる　一五
合歓の花【ねむのはな】（夏）
合歓の花亡き子にうたふ子守唄　五五
花合歓の木蔭で一夏すごしけり　五六
花合歓や夕映えてゐる甲斐の村　五一
年賀【ねんが】（新年）
ねんねこの背なの子にいふおめでたう　一三六
後の月【のちのつき】（秋）
十三夜柿の木の上に柿盗人　八九
野分【のわき】（秋）
大野分ここかしこ水湧きいづる　七七

は行

貝母の花【ばいものはな】（春）
芽吹くまで忘れてゐたる貝母かな　一〇
白鳥【はくちょう】（冬）
白鳥の首やはらかく眠るなり　一一五
蜂【はち】（春）
蜂つれて蜂飼ひが来る山の村　二六
初鏡【はつかがみ】（新年）
白髪染めやめて八十初鏡　一三三
つぎの世も女がよろし初鏡　一三四
初富士【はつふじ】（新年）
初富士の裾のふるさと拝みけり　一二七
初雪【はつゆき】（冬）
初雪に足跡をつけ登校す　一一三
花【はな】（春）
遺されし我らへ花の便り来る　一九
花火【はなび】（秋）

この村の花火小さしナイヤガラ　七五

花冷え【はなびえ】（春）

もどりきて誰もゐぬ家花の冷　二〇

帚木【ははきぎ】（秋）

一列に並ぶも雨の箒草　八二

針供養【はりくよう】（春）

母の針すこし残して納めけり　一二

春【はる】（春）

やはらかな春生まるるよ土の中　一一

春着【はるぎ】（新年）

祖母が織り母の仕立てし春着かな　一三五

春の水【はるのみず】（春）

ふくらみて堰越えゆくよ春の水　一一

蟇【ひきがえる】（夏）

蟇昼は茗荷のやぶの中　五二

蜩【ひぐらし】（秋）

かなかなに明けかなかなに暮るる村　六七

かなかなのとよもす山にかへりなむ　六七

かなかなの父祖の地に母送りけり　六八

かなかなや空に渚のあるごとく　六八

菱葩【ひしはなびら】（新年）

初めての孫たまはりぬ花びら餅　一四三

花びら餅あすはひらきて花になれ　一四三

雛納【ひなおさめ】（春）

母かの日送りしごとく雛納む　一四

日永【ひなが】（春）

遠き日の便り待ちゐる日永かな　二九

日向ぼこり【ひなたぼこり】（冬）

笛つくる縄文人と日向ぼこ　一〇四

雛祭【ひなまつり】（春）

母在さばことし百歳雛飾る　一二

雛よりも子の美はしき髪を梳く　一三

むつまじく母系四代雛飾る　一三

昼寝【ひるね】（夏）

昼寝して神さながらの母子かな　六二

蕗の薹【ふきのとう】（春）

足萎えし母掌に蕗の薹　一〇
福寿草【ふくじゅそう】（新年）
ははそはの殖やしたまひし福寿草　一三八
藤【ふじ】（春）
山藤や甲斐と相模の国境　二七
葡萄【ぶどう】（秋）
木漏れ日のちらちら踊る葡萄捥ぐ　八一
太箸【ふとばし】（新年）
一と月の赤子のためや祝箸　一三六
ひらがなで書く嬰の名の祝箸　一三七
蒲団【ふとん】（冬）
うれしさは父と寝る夜の干布団　一〇九
冬【ふゆ】（冬）
掌をあててほのかに温し冬欅　九六
冬枯【ふゆがれ】（冬）
鶏頭や紅のまま枯れて立つ　一〇五
冬の蝶【ふゆのちょう】（冬）
冬の蝶飛ばんとしては歩みゆく　一〇五
冬深し【ふゆふかし】（冬）
草の根に力ありけり冬深く　一二三
根深汁すこしづつ冬深みゆく　一二二
糸瓜の水取る【へちまのみずとる】（秋）
青くさき糸瓜の水をとりにけり　八四
朴落葉【ほおおちば】（冬）
朴落葉ばさりと踏んで山しづか　九五
朴の花【ほおのはな】（夏）
いくたびも眺めてはるか朴の花　四一
朴の木に初めての花うれしさよ　四一
朴の花そよぎて朝の雨くるか　四二
朴の花天空の香を放ちけり　四二
木瓜の花【ぼけのはな】（春）
この庭の木瓜満開の日に来たれ　二三
星月夜【ほしづきよ】（秋）
夢いまもふるさとの山星月夜　七二
榾【ほた】（冬）
いもうとを抱いて父ゐし榾火かな　一一七

蛍【ほたる】（夏）
子の夢の半ばはうつつ螢飛ぶ　三八
牡丹【ぼたん】（夏）
牡丹の咲いては散りぬ父祖の庭　三三
時鳥【ほととぎす】（夏）
母在りし日も亡き日々もほととぎす　五〇

ま行

繭【まゆ】（夏）
祖母の手のしづかに速し繭を掻く　五四
繭掻くや繭の翳りのうすみどり　五四
曼珠沙華【まんじゅしゃげ】（秋）
曼珠沙華甲州街道いく曲り　八二
水澄む【みずすむ】（秋）
その昔金採りし川水澄めり　八一
三日【みっか】（新年）
富士快晴わが生まれ日の三日かな　一三九
迎火【むかえび】（秋）
代々の猫たちも来よ門火焚く　七五
麦笛【むぎぶえ】（夏）
いもうとも思ひ出すらん麦の笛　三四
虫【むし】（秋）
一句得て独り眠りぬ虫の闇　八七
名月【めいげつ】（秋）
けふの月猫とならびて仰ぎけり　七七
目刺【めざし】（春）
藁を刺し姿ととのふ目刺かな　一七
眼白【めじろ】（夏）
かたはらに目白の墓も猫の墓　四〇
木犀【もくせい】（秋）
木犀の香り伝ひに帰りけり　七六
紅葉【もみじ】（秋）
満天星の紅葉明りに我家あり　九一
桃【もも】（秋）
けさ秋のいのちの桃をすすりけり　六九
紅桃はよろこびながら熟れにけん　六九

桃食べて帰郷の心しづまりぬ　七〇
桃太郎生まるる桃をたまはりぬ　七〇

や行

山桜【やまざくら】（春）
若き日は夢のごとしや山桜　二〇
山眠る【やまねむる】（冬）
鬱々とわが身のうちに山眠る　一〇一
水源の水のひそかに山眠る　一〇〇
その奥に青き淵あり山眠る　一〇〇
秩父へと山連なりて眠りけり　九九
ふるさとは山の木霊も眠りけり　九九
山眠るごとくひそかに母眠る　一〇二
流星は花と散りけり山眠る　一〇一
山笑ふ【やまわらふ】（春）
この村に母の生涯山笑ふ　一八
夕立【ゆうだち】（夏）
唐招提寺金堂洗ふ白雨かな　五八
浴衣【ゆかた】（夏）
古浴衣裂いては襁褓作りけん　六〇
雪【ゆき】（冬）
とほき世のたよりのごとく雪一日　一一二
雪晴【ゆきばれ】（冬）
雪晴やすべての子ども雪合戦　一一一
雪催【ゆきもよい】（冬）
雪雲の垂れこめてゐる花屋かな　一一二
行く秋【ゆくあき】（秋）
ゆく秋の大きな富士に対ひけり　九二
弓始【ゆみはじめ】（新年）
弓始匂ふばかりに乙女立つ　一四二
百合【ゆり】（夏）
母の忌の山百合甕にあふれけり　四九
母の忌や山百合の花一抱へ　四九
宵の年【よいのとし】（新年）
織りつぎしいのちの布や初昔　一三二

ら行

落花【らっか】（春）
散りこんでバスの中まで桜かな　一九
立夏【りっか】（夏）
ふるさとの川の鮎食べ夏に入る　三五
立冬【りっとう】（冬）
がまずみの真赤に熟れて冬がくる　九八
良夜【りょうや】（秋）
山梨の酒の熟れゆく良夜かな　七八
炉【ろ】（冬）
ほろほろと桑の根燃ゆる囲炉裏かな　一一七

わ行

若水【わかみず】（新年）
若水や氷を割つて汲みて来つ　一三二
綿虫【わたむし】（冬）
綿虫となりて来たれよ逢ひたかり　一〇二
蕨【わらび】（春）
この山の蕨の太郎次郎かな　二一

初句索引

灯して　一一一
ひとり居て　一二二
雛よりも　一一三
日の匂ひ　九八
ひらがなで　一三七
昼寝して　六二
拾はれて　二四

ふ

笛つくる　一〇四
ふくらみて　一一
富士快晴　一三九
臥す母の　一四一
復興の　八六
冬の蝶　一〇五
ふるさとの
　家を呑みこむ　三六
　川の鮎食べ　三五
　川のかをりの　三五
　焚火の番を　九六
　村へ焚火を　九五
　山のみどりの　三六
ふるさとは
　富士を正面　一二七
　山の木霊も　九九
古浴衣　六〇

ほ

宝石の　三七
牡丹の　三三
朴落葉　九五
朴の木に　四一
朴の花
　そよぎて朝の　四二
　天空の香を　四二
干柿の　一〇七
ほろほろと　一一七

ま

孫に歌ふ　一三九
まだ熱き　四七
繭掻くや　五四
曼珠沙華　八二

み

水しぶき　五八
味噌の甕　五三
ミンク着て　一〇九

む

むさし野の　七九
武蔵野の　一〇六
むつまじく　一三

め

芽吹くまで　一〇

も

木犀の　七六
もどりきて　二〇
もみがらに　一一八
桃食べて　七〇
桃太郎　七〇

や

山梨の　七八
山眠る　一〇二
山の村の　一一九
山藤や　二七
やはらかな　一一

ゆ

雪雲の　一一二
雪晴や　一二一
ゆく秋の　九二
弓始　一四二
夢いまも　七二

よ

よもぎといふ　二五

著者略歴

上條 多恵（かみじょう たえ）

1938 年　東京府杉並区生まれ
1942 年　父の死去に伴い、母の郷里山梨県大月市に転居
1956 年　山梨県立都留高等学校卒業
1960 年　東京学芸大学教育学部社会学科卒業。高校、大学は文芸部に所属
都内で教職、司書として学校勤務ののち、結婚を機に広島に転居
以降山梨、東京と移り住む（途中夫に同行しミュンヘン、旧西ベルリンに滞在）
1991 年　常民大学（後藤総一郎創設）の「立川柳田国男を読む会」に参加
2003 年　『柳田国男の武蔵野』（立川柳田国男を読む会編、後藤総一郎監修、三交社）の制作に参加
2005 年頃から俳句をはじめ、俳句結社「古志」会員となる。現在古志同人

古志叢書第六十八篇

句集　倉岳山

初版発行日　二〇二三年四月二十八日

著　者　上條多恵
東京都小金井市梶野町四－二一－一五（〒一八四－〇〇〇二）

定　価　二〇〇〇円

発行者　永田　淳

発行所　青磁社
京都市北区上賀茂豊田町四〇－一（〒六〇三－八〇四五）
電話　〇七五－七〇五－二八三八
振替　〇〇九四〇－二－一二四二二四
http://seijisya.com

装　幀　加藤恒彦

印刷・製本　創栄図書印刷

ISBN978-4-86198-564-5 C0092 ¥2000E